Impressum

© 2020 Autorin: Ute Coltzau
Illustratorin: Nadine Gnauck:
Geschichten 1, 2, 3, 4, 5, 6, 8, 9, 10, 11
(Insel: Als Vorlage diente eine Fotografie aus einer Tageszeitung, Fotograf unbekannt)
(Die Welt ist bunt: Als Vorlage diente eine Malerei, gesehen in einer Galerie in Amsterdam. Künstler unbekannt.)
Gastillustratorinnen:
Eveline Hindahl: Geschichte 7 (Weihnachten)
Fabia Fernandez (14 Jahre): Geschichte 12 (Mein Handy)

Verlag: tredition GmbH
Halenreie 40-44
22359 Hamburg
www.tredition.de

Paperback: ISBN 978-3-347-12494-3
Hardcover: ISBN 978-3-347-12495-0
E-Book: ISBN 978-3-347-12496-7

Inhaltsverzeichnis

Horizont   9
Die Welt ist bunt   12
Wachsen   16
Immer wieder neues Leben   19
Insel   22
Engel   25
Weihnachten – Eine ganz einfache Wahrheit   29
Familie   33
Vertrauen   37
Nähe   40
Ich allein? Nein!   43
Mein Handy – Frust oder Lust?   46

Danksagung

Ich danke

Jana Bruhne, die die umfangreiche Zusammenstellung meiner Geschichten und der Bilder bewerkstelligt hat

Nadine Gnauck, weil sie gleich bereit war, dieses Buch zu illustrieren

Lukasz Pochylski, der mir – oft unbewusst – die Idee zum Ende einiger Geschichten lieferte

Über die Autorin

Ute Coltzau ist eine „Hamburger Deern". Sie wuchs in Hamburg auf, studierte dort Pädagogik und Französisch, um Volks- und Realschullehrerin zu werden, unterrichtete 5 Jahre lang an einer Grundschule, bis sie nach Niedersachsen heiratete. Ihr Hobby sind Fremdsprachen. Seit ihrer Jugendzeit schreibt sie kleine Geschichten, auch in Englisch. Ihr erstes Buch veröffentlichte sie 2018.

Sie ist Witwe und lebt am Steinhuder Meer.

© Jochen Mextorf

Über die Illustratorin

Nadine Gnauck ist 1980 in Sachsen als Tochter eines Malermeisters geboren. Somit wurde ihr der Pinsel in die Wiege gelegt.

Schon als Kind war es ihr eine Freude, im Lager zwischen Trockenfarben, Lacken und Tapeten die Gerüche und Farbtöne aufzunehmen.

Seit 2006 lebt sie mit ihrem Mann und ihrer Tochter im Schaumburger Land und ist als Physiotherapeutin und Heilpraktikerin tätig.

Die Malerei hat sie stets begleitet.

Als Autodidakt probierte sie sich seit Kindheitsbeinen an durch viele Techniken. Seidenmalerei, Bleistiftzeichnung und Aquarelle. Hängen geblieben ist sie leidenschaftlich an der Acrylmalerei auf Leinwand.

Inzwischen kann sie mit Freude auf vier Ausstellungen zurückblicken.

Ihr größter Wunsch, ein eigenes Atelier mit Platz zum kreativen Entfalten, erfüllte sich in ihrem ländlichen Haus im Landkreis Schaumburg.

Meeting mit mir selbst

Freunde und Bekannte zu treffen, ist meist angenehm. Man meint, sie zu kennen und ihren Charakter einschätzen zu können, und man weiß über ihre Interessen in etwa Bescheid. In ihr Inneres schaut man nur selten, es sei denn, sie vertrauen sich einem offen an.

Ein Meeting mit sich selbst zu versuchen, ist schwieriger. Man muss ehrlich mit sich selbst sein und auch intime Gedanken zulassen. Man spürt sie, aber man mag sie nicht offen aussprechen, aus Angst vor sich selbst.

Die Autorin versteht ihre Geschichten als ein Gespräch mit sich selbst und lädt die Leser ein, so ein Meeting mit sich selbst auch einmal zu wagen. Spannend ist das auf alle Fälle.

Horizont

Eins meiner Lieblingslieder von Udo Lindenberg ist der Song „Hinter'm Horizont geht's weiter, ein neuer Tag!"

Der Horizont ist eine gedachte Linie. Sie ist dort, wo der Himmel und die Erde sich scheinbar berühren. Nur scheinbar, denn es geht hinter dieser Linie immer und immer weiter. Das merkt man, wenn man sich dieser Linie immer mehr nähert, sie weicht und siedelt sich immer wieder neu an. Für mich ist dieser Horizont ein Symbol für Begrenzung, bewirkt durch das menschliche Denken. Denn dieses neigt dazu, alles zu begrenzen. Es begrenzt die Liebe, den Fortschritt, das Wissen, den Wohlstand, den Frieden, alles: „Ich finde keine Liebe, es gibt keinen Fortschritt in meiner Gesundheit, ich werde nicht das wissen, was der Prüfer in meinem Examen verlangt, Frieden auf der ganzen Welt wird es nie geben, mein Geld wird für meinen Lebensabend nicht reichen… usw.

Man sagt ja auch, ein bestimmter Mensch habe einen begrenzten Horizont. Oder so: Er kann nicht über den Tellerrand hinausschauen, nicht seine Ansichten verändern, erweitern. Die Linie, die der Horizont zu sein scheint, bleibt in seinem Denken bestehen. Derselbe Tag.

Ein junger Mann, den ich kenne, gütig, hochintelligent und im guten Sinne ehrgeizig, war jahrelang in seinem Denken vor dem Horizont gefangen. Alle sagten von ihm: „Er kann alles, er hilft allen." Von sich selbst aber sagte er: „Ich interessiere mich nicht fürs Lesen und schreibe nicht." Dann passierte etwas Entscheidendes, das alles veränderte. Er lernte eine Hobby-Schriftstellerin kennen, die für ihr erstes Buch technische Hilfe brauchte. Durch seinen kompetenten Einsatz kam er dazu, ihr Buch zu lesen. Und plötzlich begeisterte er sich für ihre Gedanken und stellte Fragen, und schließlich las er auch ihr zweites Buch. Ein neuer Tag hatte begonnen. Sein Horizont wurde weiter, er sah die Linie nicht mehr, sondern nur noch den Himmel.

Auch das Mädchen auf dem Foto hatte ihr Denken weit gemacht. Es breitet seine Arme so aus, wie der Vogel seine Schwingen entfaltet, um hinter dem Horizont dem Himmel entgegen zu fliegen – voller Freude über den neuen Ausblick.

Über dieses Mädchen war in der ZDF-Sendung „Ein Herz für Kinder" berichtet worden. Es war schwer krank gewesen, und sein Leben war in Gefahr. Nur eine kostspielige Operation in den USA hätte es retten können, aber das Geld fehlte. Nun halfen die Spenden, die diese Sendung einbrachte. Die Operation fand statt, und heute ist das Kind gesund.

Das bunte Kleid symbolisiert das neue Leben mit aller möglichen Fülle. Der scheinbare Horizont ist nicht mehr wahr zu nehmen, das heißt nicht mehr wichtig. Das Begrenzende, die Gefahr, die Angst sind verschwunden, hier ist nur noch Sonne, Leben, und dem öffnet sich das Kind.

Ein neuer Tag – ein Tag voller Hoffnung!

In der Tat: „Hinter'm Horizont geht's weiter. Ein neuer Tag!"

Die Welt ist bunt

Ich sehe die Welt manchmal als einen großen Teppich, der aus vielen Flecken besteht, eine Art Patchwork-Teppich. Die Flecken sind alle unterschiedlich groß und haben unterschiedliche Formen, sie sind rund, oval und viereckig; manche sehen zerfranst aus.

Die Flecken sind bunt; sie tragen alle Farben, die wir kennen, aber auch – oh Wunder! – Farben, die das menschliche Auge noch nie gesehen hat. Man findet sie im Geist.

Bei BLAU denke ich an das Märchen von der „Blauen Blume" von Hans Werner. Die Blaue Blume ist ein Symbol aus der Zeit der Romantik, und sie steht für die Sehnsucht nach Liebe und für das metaphysische Streben nach dem Unendlichen, nach dem Unerreichbaren, dem Vollkommenen. Blau steht auch für das Meer, das Wasser, für die Weite, für das Unbegrenzte. Aber es bezeichnet auch den Zustand eines Betrunkenen.

GRÜN ist die Farbe des Lebens. Bäume und Pflanzen sind grün. Grün ist die Farbe des Wachstums, in der Natur und symbolisch. Sie ist die Farbe der Hoffnung, der Zuversicht, der Harmonie und der Erneuerung. Auch Frische, Erholung, Entspannung und Gesundheit verbinden wir mit Grün. Auch die Kräfte der Heilung. Eine negative Bedeutung der Farbe gibt es eigentlich nicht, nur diese harmlos-liebevolle: „Dieser junge Mann ist noch grün hinter den Ohren". Unreif.

Die Farbe ROT kann man zweifach deuten. Sie ist die Farbe der Liebe, der Leidenschaft, des Kusses, symbolisiert durch das Kleid der Carmen in der gleichnamigen Mozart-Oper von George Bizet. Andererseits ist sie das verzehrende Feuer, das alles Grün, alles Leben, verschlingen kann, die Lava, die Dörfer zerstört.

Bei SCHWARZ denke ich an die Königin der Nacht in der Mozart-Oper „Die Zauberflöte." Sie symbolisiert das im wahrsten Sinne des Wortes zauberhafte Böse, das das Gute durch Verlockungen in ihren Bann zu ziehen versucht. In der Nacht entstehen Ängste. Die Nacht kann aber auch als samtene Decke gesehen werden, die sich über die Erde, also über die Ängste, legt, beleuchtet von einem strahlenden Sternenhimmel, der tröstet.

GELB ist die Farbe der Sonne, die wir zum Leben brauchen, die uns beleuchtet und wärmt, die Blumen zum Blühen bringt. Es ist aber auch die Farbe der Wüste, in der nur wenige Tiere überleben. Die Farbe kommt auch in dem Ausdruck „gelb vor Neid" vor.

WEISS symbolisiert im geistigen Bereich die Reinheit an sich, die strahlend-weiße reine Seele, die in manchen Religionen mit Gott gleich gesetzt wird. Gott schafft den geistigen Menschen, wie er im ersten Schöpfungsbericht in der Bibel beschrieben ist. Eine negative Bedeutung der Farbe sehe ich nicht.

GRAU schließlich verbinde ich mit Nebel. Im zweiten Schöpfungsbericht in der Bibel heißt es: „Aber ein Nebel stieg auf von der Erde und feuchtete alles Land. Da machte Gott den Menschen aus Erde vom Acker…" Hier ist der jüdische Stammesgott Jehova der Schöpfer. Er schafft den materiellen Menschen.

Grau ist aber auch in der Mode eine schöne, edle Farbe, die sich gut mit anderen Farben kombinieren lässt, zum Beispiel mit Rot. Und wenn sich im Herbst dichter Nebel über die Landschaft legt und nur noch die Baumspitzen herausschauen, so muss man das Grau einfach lieben.

Der Teppich hat noch viele, viele andere Farben und Farbmischungen, und Sie und ich haben die Freiheit, eigene Erlebnisse hier zu finden und Wunder WAHRzunehmen.

Unsere Welt ist bunt und schön, aber sie ist nur Teil eines unermesslich großen Ganzen. Unvorstellbar, was wir alles nicht wissen! Noch nicht!

Wachsen

Die Überschrift dieser Geschichte lautet nicht „Wachstum", sondern „Wachsen". Warum? Ist das nicht dasselbe? Ja und nein! „Wachstum" i s t, „Wachsen" t u t.

Gäbe es kein Wachstum, würde nicht nach den verheerenden Waldbränden 2019/2020 in Australien nach schließlich einsetzendem Regen aus verbrannten Bäumen neues Grün, neues Leben, sprießen.

Nun kommt natürlich das Wachsen ins Spiel. Wachsen bedeutet leben/Leben.

Anke Jentsch, die an der Universität Bayreuth stark gestörte Ökosysteme erforscht, sagt, dass die Flammen zwar viele Äste verbrennen,

dass die Bäume aber den Stamm mit einer sehr dicken Rinde schützen würden. Darunter würden die Knospen die Hitze typischer Brände recht gut überstehen. Später würden aus diesen Knospen und damit direkt aus dem Stamm grüne Nadeln sprießen. Bei vielen Feuern, so die Störungsökologin, gäbe es aber auch Refugien, in denen die charakteristischen Arten in kleinen Gruppen überleben, z. B. Senken, in denen sich die Feuchtigkeit besser gehalten hat und so die Temperaturen ein wenig niedriger bleiben. Im Boden würden ein paar Wurzeln und Samen übrig bleiben, aus denen beim ersten Regen nach dem Brand neues Grün wächst. Bis sich die Natur nach einem Vegetationsbrand wieder vollständig erholt hat, könne es aber lange dauern.

Der Natur wohnt also ein Überlebensmechanismus inne, eine Kraft, die nie aufgibt, sondern immer neue Möglichkeiten findet, Leben zum Ausdruck zu bringen. Ich muss an John, einen Freund aus den USA denken, dem mein Mann und ich vor 30 Jahren dort begegneten. Er war eine eindrucksvolle Persönlichkeit, und ebenso eindrucksvoll war der Satz, den er sagte und den ich nie vergaß: „So wie das Gras durch den Granit bricht, so setzt LEBEN sich immer durch."

Ein Thema, das mich immer wieder fasziniert, ist geistig zu wachsen. Wir wachsen nicht nur körperlich, sondern auch mental bzw. geistig. In welche Richtung dieses Wachsen sich bewegt, ist allerdings unterschiedlich. Mein Freund John sagte sinngemäß: „Fortschritt ist ein geistiges Gesetz. Für mich bedeutet dies, dass auch in mir und allen anderen Menschen ein geistiger Impuls existiert, der uns mit dem Willen und der Fähigkeit ausstattet, voran zu streben. Stillstand gibt es nicht. Wer sich dessen bewusst ist und sich diesem Impuls öffnet, findet wunderbare Möglichkeiten, sich mental weiter zu entwickeln, d.h. geistig zu wachsen.

Wird der, der auf dem Standpunkt beharrt, dass alles gleich bleiben muss, auch geistig wachsen? Ja, denn Fortschritt ist ja, wie gesagt, ein geistiges Gesetz, und das nimmt keinen aus. So ein Mensch wird allerdings nach langer Zeit grob nach vorne „geschubst", er stößt sich den Kopf, und das schmerzt.

Ich kenne Beispiele für beide Menschentypen. Ich selbst habe mir über diese Problematik niemals Gedanken gemacht. Ich habe mich einfach interessiert dem überlassen, was das LEBEN mit mir macht. Warum? Weil ich mich immer als Gottes Kind betrachtet und langsam angefangen habe, neue Talente in mir zu entdecken und sie umzusetzen. Dadurch habe ich interessante Menschen kennen gelernt, die einen individuellen Weg gehen, die mich wiederum mit Neuem speisten. Dies ist meine Auffassung von geistigem Wachsen.

Auch ich war nicht immer bereit voran zu gehen, wenn eine Lebensphase zu schön war – so ruhig! Aber dann kam immer wieder der Wind, der mich voran „schubste". Das war oft mit Schmerzen verbunden, weil es Verluste mit sich brachte, die ich zu dem Zeitpunkt nicht wollte. Aber im Rückblick gesehen, war es notwendig und gut, weil es mit meinem Nachgeben neue Wege für mich eröffnete.

Begrenzungen überwinden, das ist mein Credo. Im Unbegrenzten aufgehen gelingt auf dieser Erde nicht, aber danach zu streben – step by step – ist ein lohnenswertes Ziel. Angst davor zu haben, ist normal, aber jeder Schritt, den man erreicht hat, bringt unendlich viele Herrlichkeiten mit sich. Und wenn man dann jemanden trifft, der diesen Weg mit einem geht, dann ist das Glück.

Kann sein, dass ich so einen Menschen getroffen habe…

Immer wieder neues Leben

Entsetzen erfasste 2019/2020 die ganze Welt, als die Nachrichten von den verheerenden Buschfeuern in Australien bekannt wurden. Verbrannte Erde, verbrannte Tiere, viele Tote und monatelang kein Erfolg, die Feuer einzudämmen. Die Feuerwehrleute arbeiteten bis an die Grenze ihrer Kräfte. Wahre Helden!

So ein Horrorszenario!

Dann – nach Monaten – endlich Regen! Aber so viel Regen, dass die verbrannte Erde die Wassermassen nicht aufnehmen konnte, was zu Überschwemmungen führte. Nun das entgegengesetzte Bild: Autos, die von den Fluten verschluckt wurden, aber auch Menschen, die ihre Gesichter dem heiß ersehnten Regen entgegenhielten, und andere, die glücklich in den plötzlich entstandenen Seen dort badeten, wo einmal eine Straße war.

Tränen über die verbrannten Pfoten eines durstigen kleinen Koalas! Der Anblick kaum auszuhalten! Und dann – ganz plötzlich! – keimt da, wo die Feuer erstickt sind, neues Leben. Aus dem Waldboden sprießt Farn, erste Blüten scheinen an den verkohlten Stämmen. Es mag sich um ein verheerendes Inferno gehandelt haben, aber es gibt Hoffnung. Es ist der Anfang neuen Lebens!

Wie kommt das?

Anke Jentsch, die an der Universität Bayreuth stark gestörte Ökosysteme erforscht, sagt, dass die Flammen zwar viele Äste verbrennen, dass die Bäume aber den Stamm mit einer sehr dicken Rinde schützen würden. Darunter würden die Knospen die Hitze typischer Brände recht gut überstehen. Später würden aus diesen Knospen und damit direkt aus dem Stamm grüne Nadeln sprießen.

Bei vielen Feuern, so die Störungsökologin, gäbe es aber auch Refugien, in denen die charakteristischen Arten in kleinen Gruppen überleben, z. B. Senken, in denen sich die Feuchtigkeit besser gehalten hat und so die Temperaturen ein wenig niedriger bleiben. Im Boden würden ein paar Wurzeln und Samen übrig bleiben, aus denen beim ersten Regen nach dem Brand neues Grün sprießt. Bis sich die Natur von einem Vegetationsbrand wieder vollständig erholt hat, könne es aber lange dauern.

Der Natur wohnt also ein Überlebensmechanismus inne, eine Kraft, die nie aufgibt, sondern immer neue Möglichkeiten findet, Leben zum Ausdruck zu bringen. Ich muss an John, einen Freund aus den USA denken, dem mein Mann und ich vor 30 Jahren dort begegneten. Er war eine eindrucksvolle Persönlichkeit, und ebenso eindrucksvoll war der Satz, den er sagte und den ich nie vergaß: „So wie das Gras durch den Granit bricht, so setzt LEBEN sich immer durch." Wir fragten ihn, wie er diese Kraft nennen würde. Er antwortete: „Natürlich Gott, denn nur eine geistige Macht kann Leben zum Ausdruck bringen. Eine materielle Ursache kann es nicht geben." Dem mussten wir zustimmen.

Auch wir Menschen tragen diesen Überlebensmechanismus, dieses Leben, in uns. Wir wissen es oft nur nicht. Ich kannte einen älteren Mann, der, nach Aussage mehrerer Ärzte und nach dem Augenschein, schon auf dem Sterbebett lag und sich ganz plötzlich wieder erholte. Er lebte danach noch mehrere Jahre. Als seine Tochter uns davon erzählte, sagte sie: „Mein Vater hat einfach gewusst, dass er überleben würde. Er WUSSTE es!" Ist dieses Wissen nicht Leben?

Jesus wusste, dass Gott LEBEN ist, und so konnte er Lazarus vom Tode erwecken – zu neuem Leben. Johannes 11: 1–46. Für mich ist dieser biblische Bericht nicht nur eine Geschichte, sondern ein Hinweis, dass LEBEN DA IST.

Insel

Insel – eine Landmasse, von Wasser umgeben.

Der etwas dümmliche Spruch „Reif für die Insel" hat aber einen wahren Kern. Menschen, die sich, erschöpft, am Rande ihrer Kraft fühlen, sehnen sich nach Ruhe. Und Ruhe bedeutet Gesundheit, was aber viele nicht wissen. Warum aber sehnen sie sich nicht nach ihrem Garten, nach ihrem Stresslesssessel im Wohnzimmer, nach ihrem Pool im Keller? Weil diese Orte nicht weit genug weg sind von ihrem Zuhause.

Was bedeutet „Insel" für sie? Es muss eine romantische Vorstellung sein, die den Begriff Insel mit etwas verbindet, das es nicht gibt, mit einer Sehnsucht nach Vollkommenheit. Sehnsucht nach Ferne, nach

Romantik, nach Schönheit, nach Glück… Einfach nur weg von zu Hause, von Terminen, von Pflichten. Im Kopf entstehen Bilder von Palmen, blaugrünem Wasser, Strandbars, schokoladenfarbenen Barkeepern, Sonne, blauem Himmel, exotischen reifen Früchten.

Doch es gibt nur wenige Menschen, die so eine Idylle lange aushalten. Irgendwann wird alles langweilig, und dann wird das Handy gezückt und Kontakt mit der Heimat gesucht, und sei es auch nur, um ein Selfie von sich und den Inselschönheiten zu verschicken. Natürlich aber gibt es auch Menschen, die, wenn sie diese Idylle wirklich erleben, sich dort erholen können und erfrischt nach Hause zurückkehren.

Es gibt aber auch Inseln, die übervölkert sind von Touristen, von „Ballermann"-Straßen, auf denen ein Massenverkehrschaos tost. Und es gibt auch winzige Inseln wie die Halligen in der Nordsee, auf denen man gar nichts unternehmen kann, nur vielleicht das einzige Museum besuchen, das es dort gibt. Wenn dann noch „Landunter" herrscht, ist man richtig eingesperrt, denn dann kommt man nicht weg, und man fühlt sich im Gefängnis.

Es gibt auch eine große Insel, ein Paradies für Erholung suchende Touristen, die plötzlich von einem Tsunami überrollt wurde, der Tausende von Menschen tötete und Häuser zerstörte.

Reif also für welche Insel? Gibt es eine Insel, die Ruhe, Erholung, garantiert? Ja, es gibt sie!

Eine Freundin beschreibt sie so: „Mein Inseldasein war Sonntag im Café Zeit." Diese Freundin arbeitet täglich neun Stunden in geschlossenen Räumen, ohne frische Luft. Eines Tages war sie so erschöpft, dass sie einen Spaziergang am Steinhuder Meer machte und sich anschließend ins Café Zeit setzte. Das ist ein gemütliches Café, in dem auch hübsche Kleidungsstücke ausgestellt sind. Sie bestellte sich einen Cappuccino mit Eierlikör, verschnaufte und sagte später: „Das war meine Insel."

Ein paar Jahre, nachdem mein Mann gestorben war, hatte ich eine neue Beziehung. Wir liebten uns sehr, aber mein Freund wohnte in Süddeutschland. Daher sahen wir uns sehr selten. Die Umstände waren außerdem so, dass keiner von uns einen Ortswechsel hätte vornehmen können. Wenn wir uns sahen, fühlten wir uns wie auf einer Insel des Glücks, auf der uns keiner erreichen konnte. Wir waren mit uns allein und genossen diesen Zustand; wir tankten auf. Wenn wir uns trennen mussten, schwammen wir, aufgetankt, wie Fische durch das Wasser zu unserem jeweiligen Heimatort. War der Tank leer, trafen wir uns wieder auf unserer Insel.

Meine Heilpraktikerin, die mir Akupunkturbehandlungen gegeben hat, gab mir diesen klugen Rat: „Deine Liege ist deine Insel. Hier kannst du entspannen. Richte deine Gedanken nur auf dich und deine Insel."

Ist also eine Insel ein bestimmter Ort? Nein, jeder hat seine eigene Insel. Wo kann er sie finden? In sich selbst! Hier ist sie immer verfügbar, immer bereit, sich finden zu lassen und Erholung zu geben. Man muss nur ganz stille sein, dann ist sie zu sehen!

Engel

„Mein Engelchen!", sagte meine Freundin Anne zu ihrer dreijährigen Tochter Sophia und blickte der Kleinen liebevoll in die Augen. Und in der Tat, Sophia sah so aus, wie man sich einen Engel vorstellt: langes lockiges, blondes Haar, große blaue Augen, ein süßes Stupsnäschen und einen hübschen Mund. Meine Freundin dachte: „Sie sieht nicht nur so aus, sie i s t ein Engel", denn auch ihr Wesen schien nur Liebe zu sein.

In meiner 2. Schulklasse wollten in einer Theateraufführung fast alle Schülerinnen einen Engel spielen. Besonders die Flügel, die natürlich die Eltern basteln mussten, faszinierten sie. Jungen bewarben sich nie um diese Rolle; sie wollten lieber Piraten oder Cowboys sein.

Ein altes Kinderfoto zeigt mich auch als Engel in einer Theateraufführung meiner 3. Klasse. Ich war aber kein zarter Engel, sondern mollig, also mehr Typ „Posaunenengel." Nachdem ich in anderen Aufführungen immer nur ein Tannenbaum ohne Stimme sein durfte, hatte ich mit all meinem kindlichen Charme um diese Rolle des Engels gekämpft, und nun hatte es endlich geklappt. Ich war meiner Lehrerin so dankbar, dass sie wusste, was mein Kinderherz fühlte. Und eine engelhafte Eigenschaft besaß ich ja: Ich war ein liebes Kind. Da stand ich nun in meinem langen weißen Kleid und mit einem Glitzerkranz auf meiner dunklen Kurzfrisur und hielt tapfer das Gewicht meiner schweren Flügel aus, die meine Mutter unter dem Einsatz all ihrer Kräfte gebastelt hatte. Ich stand einfach nur bewegungslos da, guckte und lächelte selig. Zu sagen hatte ich auch nicht viel, aber ich fand mich toll. Auf dem Foto, später betrachtet, war ich das allerdings nicht. Aber egal!

Auf alten Gemälden wie zum Beispiel denen von Raphael und Bouguereau sieht man auch männliche Engel. Sie ähneln molligen Babys mit kurzen und schlanken erwachsenen Engeln mit langen Flügeln.

26

Meine Brieffreundin im Rheinland lebt mit Schutzengeln. Sie klebt Engel-Aufkleber in ihre Briefe und verschickt Schutzengel-Figürchen an ihre Freunde in Form von Schlüsselanhängern. Sie ist selbst ein Engel.

Woran mag es liegen, dass Engel so oft als Personen dargestellt werden, wo sie doch gar keine sind? Kein Mensch hat jemals einen körperlichen Engel gesehen, es sei denn, das war jemand, der ihm in einer schwierigen Lage half. Und trotzdem wird der Begriff „Engel" ständig im Munde geführt, und das tröstet. Der Vater meines Lebensgefährten soll eine Woche vor seinem Tod mehrmals geäußert haben: „Ich sehe Engel um mich herum." Ein Freund von mir verschickt jeden Sonntag eine Grußbotschaft an Freunde und Bekannte. Sie besteht aus der Schilderung seiner Erlebnisse, wundervollen Fotos und Gedichten über Engel.

Kürzlich zitierte er Margarete Hansson:
Denn er ist da

Ich spüre um mich einen Engel,
der mich mit seinen Flügeln sanft berührt,
der mich, wenn ich um Rat ihn frage,
an seine Hand nimmt, um begütend zu sagen,
dass aus den Augen er mich nicht verliert.

Ich weiß, er schaut auf jeden meiner Schritte,
wäre ich blind, er würde für mich seh'n,
er ist das Licht im tiefsten Dunkel,
in seiner Nähe kann ich sicher geh'n.

Stets ist er da, mein guter Engel,
gebietet es die Not, genügt ein Flügelschlag,
er redet nicht, doch spür' ich ihn, den Engel,
denn er ist da, bei Tag und auch bei Nacht.

Dieses Gedicht gibt die Antwort auf die Frage, warum Engel trösten. Weil sie geistige Botschaften sind, die aus einer höheren Quelle stammen. Ich las mal sinngemäß eine Formulierung, die genau meinem Empfinden entspricht: „Engel sind Boten Gottes, die zum Menschen kommen." Sie geben uns Antworten in allen Lebenslagen. Ich habe oft erlebt, dass ich um eine Antwort rang, keine bekam, dann still wurde und lauschte, und plötzlich war die Antwort da. Ich nenne so eine Antwort ein „Zeichen" oder einen Engel und manchmal einfach „eine Idee." Sie kam manchmal in meine Gedanken oder ich begegnete einem Menschen, der einen Satz sagte, der meine Antwort war. Das passierte zum Beispiel, als ich, nachdem ich mein Haus verkauft hatte, keine Wohnung in meinem Wunschort fand. Plötzlich begegnete ich einem Freund, der sagte: „Zieh doch zu mir. Wir bauen gerade eine Wohnung in unserem Haus aus und möchten nur einen Mieter, den wir kennen." Und da bin ich jetzt seit ein paar Jahren, und zwar sehr glücklich.

Auch die Bibel berichtet über Begegnungen von Menschen mit Engeln. Zum Beispiel Lukas 1: 26–38: Ein Engel kündigt Maria die Geburt von Jesus an. Und Genesis 32: 23–33: Jakob kämpft mit einem Engel um den Segen Gottes.

Wie auch immer man Engel erlebt und interpretiert, eins ist klar: Sie sind immer da! Sie existieren! Wir können ihnen begegnen, wenn wir offen für sie sind – so wie Maria und Jakob es waren.

Und auch wir können Engel sein – für andere Menschen. Ich habe eine Postkarte bekommen, auf der steht: „Freunde sind Engel, die uns wieder auf die Beine helfen, wenn unsere Flügel vergessen haben, wie man fliegt." (Autor unbekannt)

Weihnachten – Eine ganz einfache Wahrheit

Was ist Weihnachten? Hektik! Ja, werden die Leser seufzen! Schlange stehen für verbilligte Geschenke (Man muss ja schenken!), sich drängeln auf dem Weihnachtsmarkt, Gänsebraten vorbestellen, sich auf die Familie freuen (oder auch nicht), den Weihnachtsbaum selber fällen, neuen Schmuck für den Baum kaufen (Silber oder Rot diesmal?), Kekse backen (Himmel, der Zimt fehlt ja noch!)... Erschöpft ins Wochenende fallen: Zu viele Termine!

Ist das der Sinn von Weihnachten? Sicher nicht, werden die Leser sagen, aber man kann sich nicht entziehen. Kann man nicht? Wollen wir mal diese Aussagen umdrehen!

Hektik – Ruhe
Schlange stehen – Geschenke im Sommer kaufen
Sich drängeln auf dem Weihnachtsmarkt – Nicht hingehen!
Gänsebraten bestellen – Gemüse anbauen, vorher natürlich
Familie – nur die einladen, die man mag, oder verreisen
Weihnachtsbaum fällen – einen künstlichen kaufen; die sind zwar teuer, aber wunderschön und praktisch
Neuen Schmuck kaufen – den vom letzten Jahr nehmen oder selber welchen basteln
Kekse backen – Es gibt leckere beim Bäcker.
Erschöpft ins Wochenende fallen – entfällt. Entspannung pur.

Lachen Sie jetzt oder schütteln den Kopf? Meinen Sie vielleicht, das sei nicht möglich? Doch, ist es, aber man muss es wollen, aber meistens will man es ja nicht.

Ich kenne Menschen, die darüber nachdenken, was Weihnachten bedeutet, und die danach handeln. Aber das scheinen die wenigsten zu

sein, wenn man Umfragen anhört, über die im Fernsehen berichtet wird.

Gut, gewisse Aktivitäten lassen sich nicht vermeiden, weil sie gerade in der Vorweihnachtszeit Spaß machen; zum Beispiel einen Eierpunsch auf einem kleinen Weihnachtsmarkt trinken, ein hübsches Geschenk auf einer Ausstellung aussuchen usw.

Man kann vereinbaren, dass es keine Geschenke gibt. Stattdessen kann man mit dem Partner oder Freunden Zeit verbringen. Hat man keinen Partner, kann man Menschen einladen, die einsam sind. Mein Mann und ich haben uns um alte Menschen gekümmert, die einsam waren und deren Kinder sich nicht um sie gekümmert haben. Man kann in die Kirche gehen, Hausmusik machen (wenn es möglich ist), in ein Weihnachtskonzert gehen, bei Kerzenschein gute Gespräche mit Gleichgesinnten führen.

Worüber? Über den Sinn des Weihnachtsfestes natürlich! Jesus wurde in einem Stall geboren, unter armseligen Umständen. Aber es war das Jesuskind! Für mich ist das Lesen der Weihnachtsgeschichte in der Bibel ein Muss, sprich: ein inneres Verlangen. Die Freude und die Dankbarkeit für dieses die Weltgeschichte verändernde Ereignis bringt mich dazu, einigem lieben Menschen ein kleines persönliches Geschenk zu machen oder ihm einen Brief zu schreiben, in dem ich ihm danke für seine Liebe, für seine Hilfsbereitschaft, für sein Da-Sein in schweren Zeiten. Mein Freund schenkt mir einen Kalender mit eigenen Fotos und sinnvollen Sprüchen. Ich schenke ihm auch etwas sehr Persönliches, ein... Aber nein, das verrate ich nicht, denn wenn er diese Geschichte liest, weiß er es ja schon vorher.

Nur eines muss vermieden werden: Hektik! Für mich gehört zum Weihnachtsfest: das Weihnachtsoratorium hören, entweder in einer Kirche oder auf CDs, mit Gleichgesinnten darüber sprechen, welche

Erfahrungen wir gemacht haben mit der Weihnachtsbotschaft, und dann entscheiden, mit welchen Aktivitäten man sich und andere erfreuen kann. Das können viele sein, besonders wenn man es mit Kindern zu tun hat. Aber es darf nie vergessen werden, warum man sich freut: weil Jesus geboren wurde!

Eine Freundin fragte mich, warum ich so etwas Selbstverständliches zu Papier bringe. Weil es heutzutage eben nicht selbstverständlich ist.

Um eben daran zu erinnern…

Familie

Wenn Menschen berichten, was sie Weihnachten vor haben, kommt meistens der Satz: „Da ist die Familie bei uns." Oft sehe ich in strahlende Gesichter, aber ebenso oft in ein gequältes Lächeln.

Familie! Welch heiliges Wort! In religiösen und in philosophischen Schriften wird es hoch gepriesen als Ideal menschlichen Zusammenlebens. Dass da etwas dran ist, sehe ich am Beispiel meiner zahlreichen polnischen Freunde, die den Begriff Familie aktiv leben. Sie stehen in jeder Lage treu füreinander ein, helfen da, wo „Not am Mann" ist, und fragen, wenn Besucher unangemeldet aufkreuzen, nicht, wie lange die bleiben. Sie ertragen ihre Besucher auch, wenn diese lästig sind, in christlicher Geduld.

Ein weiteres Beispiel für eine liebevolle Familie ist die große Familie einer jungen Freundin, die eine zweijährige Tochter hat und ein zweites Baby erwartet. Da gibt es Geschwister mit Ehepartnern, die auch Kinder haben, Omas, Opas, Tanten und Onkel.

Diese beiden Familien, die nur zwei Beispiele für viele andere darstellen, strahlen Herzlichkeit aus. Herzlichkeit steht für mich für Familie. Wenn solche Familienmitglieder Weihnachten zusammen feiern, dann ist Weihnachten wirklich Weihnachten: „Friede auf Erden und den Menschen ein Wohlgefallen."

Es gibt aber auch die andere Seite. Da gibt es Familien, die zerstritten sind, weil einige Mitglieder nicht willens oder in der Lage sind, sich zu vertragen. Wenn solche Familien zusammen kommen, geschieht dies aus Pflichtgefühl und wird zur Qual. Ich kenne solche Familien zur Genüge.

Ich bin vor vielen Jahren durch Heirat in eine Familie gekommen, in der ich mich nie wohlgefühlt habe. Die Mitglieder dieser Familie waren nett, aber nicht herzlich. Nur die Oma liebte mich und ich sie, und ich war untröstlich, als sie starb.

Mein Neffe bot mir später Gemeinheiten, die ich nicht tolerieren konnte. Seine Frau, die ich jahrelang psychisch betreut hatte, schloss sich an. Eine Entschuldigung kam nie. Also trennte ich mich von dieser Familie, die ich nie als solche empfunden hatte, obwohl ich ursprünglich meine Hoffnungen in sie gesetzt hatte – ich, die ich als Kind geschiedener Eltern nie eine Familie gehabt hatte.

Ich brauchte ein Jahr, bis ich verzeihen konnte. Folgender Gedanke half mir: „Jeder Mensch ist für sein eigenes Bewusstsein verantwortlich. Ich brauche nicht für die Bosheiten meines Neffen zu leiden. Mein Bewusstsein ist sauber. Seines nicht."

Und damit öffnete sich das Tor zum Guten. Ich fand eine neue Familie, eine Familie meines Herzens. Das waren neue Freunde, echte Freunde, seelenverwandte Freunde, eine neue Wohnung und liebevoller Kontakt zu den oben erwähnten Familien. Auch zu den wenigen blutsverwandten Nichten und Neffen in Bayern habe ich weiterhin gute Kontakte.

Ein Freund und eine Freundin sehnen sich nach einer Familie. Der Freund hatte eine Familie, aber sie zerbrach. Die Freundin hatte nie eine, möchte aber eine Familie haben. Ich kann sie verstehen, sehe mich aber als Studentin auf dem Weg zur Hamburger Universität plötzlich stehen bleiben und wissen: „Ich möchte keine Kinder und keine Familie." Und dabei bin ich geblieben.

Ich weiß, dass viele Menschen mich nicht verstehen. Sie verstehen Familie als Personen, ich verstehe Familie als Vertreter geistiger

Eigenschaften wie Ehrlichkeit, Toleranz, Liebe, Hilfe, Verstehen, Treue, Stabilität, und die erlebe ich in Fülle in den Personen der Familie meines Herzens.

Der Wunsch nach einer Familie war nie in mir angelegt. Ich habe meinen Weg gefunden und bin glücklich damit. Ein enger Freund, der immer zu mir hält, sagte zu mir: „Du gehörst zu meiner Familie." Ich antwortete: „Ja, in deinem Herzen."

Vertrauen

Meine kleine Freundin heißt Julia. Sie ist drei Jahre alt und wir wohnen im selben Haus, im Haus von Julias Eltern.

Julia war bisher, wenn sie mich mit ihrem Papa besuchte, sehr zurückhaltend, und sie drehte, wenn ich ihr etwas näher kommen wollte, ihr Köpfchen weg. Im Laufe der Zeit aber wuchs ihr Vertrauen zu mir. Wenn sie mir jetzt begegnet, zeigt sie mir immer, was sie gerade in der Hand hat, ein Kuscheltier zum Beispiel. Und wenn sie mein Auto sieht, sagt sie: „Ute Auto blau". Julia liebt Blau, ich auch.

Gestern traf ich Julia mit ihren Eltern vor dem Haus. Sie schaute zu, wie ihr Papa alte Möbel in einen Wagen lud. Ich hatte eine Ansichtskarte in der Hand und wollte damit zum Briefkasten gehen. Da kam mir der Gedanke: „Julia, kommst du mit mir zum Briefkasten?" Julia liebt es, Post in den Briefkasten zu werfen. Ich fasste ihre Hand, und sie ging mit.

Ich dachte: „Sie kehrt bestimmt an der Ecke um, wenn sie ihre Mama nicht mehr sieht." Als wir an der Ecke waren, schaute ich mich um, Julia jedoch nicht. Mein Herz klopfte vor Aufregung! Ob sie wohl doch…? Aber Julia hielt meine Hand ganz fest und marschierte tapfer weiter, um die Ecke herum, ohne sich umzusehen. Da überschwemmte mich ganz plötzlich ein riesengroßes, tiefes Glücksgefühl: Dieses Kind vertraut mir! Gibt es etwas Schöneres?

Zu einem Menschen Vertrauen haben bedeutet viel. Der Satz „Ich kann mich auf ihn verlassen" ist richtig, greift aber zu kurz, obwohl die Aussage, mit Überzeugung gesprochen, schon eine gewaltige ist.

Was bedeutet es, sich auf jemanden verlassen zu können? Das hat mit Wissen und mit Sicherheit zu tun, zu wissen, dass er sein Ver-

sprechen hält, also die Sicherheit, dies zu wissen, es zu wissen, ohne zu zweifeln – das bedeutet Vertrauen.

Die kleine Julia hatte diese komplizierten Gedankengänge nicht. Sie wusste es, sie zweifelte nicht, sie verließ sich auf meine Hand. Glücklich die Kinder, die sich auf die Mama und den Papa oder eine vertraute Person verlassen – ein Vorbild für uns manchmal schwankende Erwachsene. Urvertrauen nenne ich das. Urvertrauen ist Verlass auf jemanden bis zum letzten Atemzug.

Urvertrauen schließt Enttäuschung aus. Wird es enttäuscht, verletzt es nicht nur äußerlich, sondern es verletzt die Seele, und das schlägt tiefe Wunden, die schlecht heilen.

Dieses Urvertrauen hatte ich – außer zu meiner Mutter – nie zu einem anderen Menschen, weil mein Vater das Vertrauen seiner ersten Tochter enttäuscht hat, als er meine Mutter und mich verließ, als ich 7 Jahre jung war. Für meine Mutter war das gut, für mich nicht. Wenn es nötig war, dann hätte es später geschehen müssen.

Inzwischen gibt es jemanden, zu dem ich Urvertrauen habe. Und ich habe Urvertrauen zu Gott.

Nähe

Oh, diese verdammte (Entschuldigung!) Sehnsucht nach Nähe!

Ich meine die räumliche, körperliche Nähe. Die wird uns, die wir keine Familie im Haus haben, von der Regierung so einfach verboten! So einfach? Natürlich nicht!

Denn hier herrscht momentan die Pest. Die Pest der negativen Gedanken, der Ängste, des Pessimismus, des Erlahmens der Widerstandskräfte, des Todes. Und darum heißt es: Ausgangssperre! Bleibt zu Hause!

Zu Hause ist es wirklich spannend. Man kann kochen, putzen, aufräumen, lesen, fernsehen und vieles mehr. Endlich mal Ruhe vor Terminen, vor Kollegen…

Einkaufen ist natürlich auch erlaubt. Früher machte das Spaß, aber heute darf man nur im Abstand von einer Einkaufswagenlänge in den Supermarkt, natürlich mit desinfizierten Händen. Da vergeht einem die Lust gründlich.

Aber das alles ist natürlich nicht Nähe!

„Ich will meine Freunde treffen!", schreit es in mir. „Verboten!", antwortet die Regierung, „DU steckst dich an!" „Meinen Lebensgefährten habe ich so lange nicht gesehen!" „Hilft nichts!"

Da kommt mir plötzlich der Spruch „Not macht erfinderisch!" in den Sinn. Not? Ja, hier ist Not! Ich werde ganz still, stelle den Fernseher mit den ständigen negativen Berichten, die selten etwas Neues bringen, ab und lasse der Fantasie freien Raum.

Nun fällt mir Skypen ein. Ich bitte meinen besten Freund, es mir einzurichten, natürlich über TeamViewer. Und nun geht es los! Vier Teilnehmer machen mit! Und jetzt sehe ich meinen Lebensgefährten wieder. Er hat sich äußerlich nicht verändert. Innerlich verändern wir uns alle. Aber das Skypen gibt ein besonders intensives Gefühl von Nähe.

Besonders nützlich ist Skype für meinen Nachhilfeunterricht in Spanisch. Mein Schüler schreibt mir einen Text per Mail, und wir besprechen ihn dann per Skype. Man ist sich so nah, als wäre man wirklich zusammen. Sein charmantes pfiffiges Lächeln, wenn ich ihm einen

Fehler verbessere und er dann sagt: „Das habe ich doch so gemacht!", das ist wie bei mir in der Küche, wo der Unterricht stattfindet.

Und Freunde treffen darf man gar nicht? Doch, aber nicht im Haus, aber zum Beispiel im Wald, wo man im Abstand von 2 m spazieren gehen kann. Umarmen darf man sich nicht, aber die Nähe der Freundin liegt darin, ihre Mimik zu sehen, sich an ihrem Lächeln zu erfreuen, vielleicht ihr Parfüm zu riechen, ihre Worte ausgesprochen zu „sehen". Das ist auch Nähe. Wie schrecklich wäre es, diese Menschen gar nicht zu sehen!

Es kommt also darauf an, wie man Nähe definiert. Nähe bedeutet für mich zu spüren: Der Gesprächspartner ist wirklich da!

Ein Kalenderspruch sagt: „Entfernungen sind ohne Bedeutung. Sich nahe zu sein ist eine Sache des Herzens."

Dennoch: die Menschen, die man liebt, als Person zu erleben, ist besonders schön.

Ich allein? Nein!

Ich kenne eine Frau mittleren Alters, die frisch verliebt war. Nach einer unglücklichen Kindheit und Jugend und einer Scheidung fühlte sie, dass ihr Leben nun neu beginnen würde. Und so war es! Ihr Partner, gleichaltrig, schien zu ihr zu passen.

Langsam jedoch nahmen in ihrem Denken Ängste Gestalt an. Da ihr Lebensgefährte ein freundlicher, den Menschen zugewandter Mann war, sie aber mehr introvertiert, erlaubte sie ihm nicht mehr, seine Mitmenschen fröhlich zu begrüßen oder auch mal wohlwollend eine jüngere Frau anzuschauen. Zuerst geschah dies in ihrem Inneren, so dass keiner es bemerkte. Mehr und mehr jedoch wurde sie depressiv und machte ihrem Partner Vorwürfe, er würde sie nicht genug lieben. Er verstand sie nicht, denn seine Art, mit den Menschen umzugehen, war für ihn völlig natürlich, und schließlich bewies er ihr doch täglich seine Liebe. Schließlich hatte sie ihn doch auch deshalb lieben gelernt.

Sie entfernten sich innerlich mehr und mehr voneinander, und eines Tages sagte sie zu ihm sinngemäß: „Entweder ich oder die anderen!" Das hieß übersetzt: „Ich allein! Du gehörst mir!" Ob diese Verbindung lange hielt? Ja, denn sie unterzog sich einer Therapie und lernte langsam verstehen, dass ihr Partner ihr nicht gehörte, sondern dass er sie aus freiem Willen als Lebensgefährtin ausgewählt hatte. Dank seiner liebevollen Unterstützung lernte sie nach und nach sein Wesen zu akzeptieren und zu schätzen und schließlich auch ihm zu vertrauen. Dies war ein schmerzvoller Prozess, aber die Therapie gelang, und schließlich heirateten sie sogar!

Was bedeutet Liebe? Ist Liebe eifersüchtiges Klammern? Nein, Liebe bedeutet Loslassen, Vertrauen, die Wesensart des Partners akzeptieren.

44

Im Laufe der Jahre verändern sich die Menschen. Das ist ein geistiges Gesetz. Manchmal entwickelt der eine Partner ungeahnte Fähigkeiten, er beginnt schriftstellerisch tätig zu werden, schreibt Bücher, zeichnet Karikaturen oder beschäftigt sich mit Tierverhalten, Ausgrabungen o. ä. Oder er nimmt eine ehrenamtliche Tätigkeit an, die ihn wochenlang ins Ausland führt. Sie liebt es vielleicht zu Hause zu bleiben, sich ganz auf die Kinder zu konzentrieren und darin die volle Befriedigung zu finden. Jeder ist Herrscher in seinem eigenen Universum, seinem eigenen Bewusstsein. Jeder trifft andere Menschen. Beide Partner haben eine gemeinsame Schnittmenge. Ein „Ich allein" würde Scheitern bedeuten. Der Versuch würde ein geistiges Gesetz verletzen, das lautet: Gottes Schöpfung ist vielfältig. Alle Menschen sind miteinander verbunden, alle gehören einander als Gottes Kinder. Gott besitzt alle, alle besitzen Gott, aber kein Mensch besitzt einen anderen Menschen.

Mein Credo ist, mein Leben von dieser geistigen Wahrheit durchfluten zu lassen.

Ich habe einen sehr guten Freund. Er sieht seine von Gott gegebene Aufgabe darin, allen Menschen selbstlos zu helfen, und das gelingt ihm schon recht gut. Er lässt nicht zu, dass ihn jemand besitzt. DAS ist es!

Mein Handy – Frust oder Lust?

Es ist Sonntag. Mein Handy macht mich fast verrückt. Es ist neu, und der Ton, der Nachrichten ankündigt, ist unerträglich laut. Keine Ahnung, wie man ihn leiser stellt.

Um die Mittagszeit kommen pausenlos Nachrichten herein. Wieso haben die Menschen gerade jetzt so viel Zeit?

Eine Freundin, die gut zeichnet, plant mit mir ein neues Buch. Sie schildert mir ein Gespräch mit einer Kollegin, und möchte, dass ich zu dem Thema eine Geschichte schreibe.

Ein Freund diskutiert mit mir den Schluss einer Geschichte, die wir zusammen verfasst haben.

Eine andere Freundin berichtet mir über den Geburtstag ihres Mannes, den ich leider nicht besuchen konnte. Ihre fast dreijährige Tochter spricht mir eine Nachricht ins Handy: „Ich habe dich lieb." Ich antworte auf demselben Weg: „Ich habe dich auch lieb."

Mein Lebensgefährte meldet mir, dass er trotz des Orkans heil zu Hause angekommen ist. Ich freue mich!

Eine Schülerin möchte ihren Nachhilfeunterricht verlegen.

Ein enger Freund bespricht mit mir einen Termin, wann er mir meinen neuen Computer einrichten kann.

Eine Freundin schildert mir ihre Rückenschmerzen.

Eine neue Freundin fragt mich, ob ihre beiden englischen Sätze grammatikalisch richtig sind. Ich bin mir in einem Punkt nicht sicher und simse zwischendurch den Mann einer Schulfreundin an, der Engländer ist. Der Satz ist richtig. Das gebe ich an die Freundin weiter.

Ich bekomme die Nachricht, dass der Termin unseres Klassentreffens in Hamburg verlegt werden muss, und soll melden, wann es mir passt.

Über das erfreuliche Netzwerk an Beziehungen, das ich habe, bin ich sehr glücklich, aber müssen denn heute alle Nachrichten zusammen zur Mittagszeit kommen? Und es wird erwartet, dass ich umgehend antworte.

Genervt stelle ich das Handy ab, denn eigentlich wollte ich einen kleinen Mittagsschlaf halten.

Aber – könnte ich etwas verpassen?

Das Handy bringt mir beständige Unruhe. Manchmal wünsche ich es dahin, „wo der Pfeffer wächst."

Jedoch... die Zeit zurück drehen kann ich nicht, und ich will das auch nicht. Ich sehe auch, wie hilflos die paar Menschen sind, die ich kenne und die kein Handy besitzen. Man möchte ihnen mal ganz schnell eine wichtige Information schicken, aber das geht nicht. Man muss sie anrufen und kann nur hoffen, dass sie zu Hause sind.

Auf den Anrufbeantworter sprechen? Das geht nur, wenn sie einen haben.

In der heutigen Zeit ist es einfach nötig, ein Handy zu besitzen, aber natürlich macht es auch Spaß, es in vielfältiger Weise zu benutzen. Es ist ja schließlich ein Klein-Computer, und so einen zu besitzen, macht reich. Ich gehöre nicht zu den Menschen, die sich über die jungen Leute aufregen, die ihr Handy ständig „vor der Nase haben". Man kann so viel damit machen: Kontakte aufleben lassen, Informationen zu einem Thema sammeln, das in der nächsten Klassenarbeit gebraucht wird, Spiele nutzen. Und dann die Fotos, die man spontan machen und noch schnell versenden kann!

Die negativen Seiten will ich nicht kommentieren; es gibt sie. Hier ist mein Thema „Frust oder Lust?" Für mich ist es beides, mal Frust, aber meistens Lust.

Paperback: ISBN 978-3-7497-7903-1
Hardcover: ISBN 978-3-7497-7904-8
E-Book: ISBN 978-3-7497-7905-5

Empfehlung
Jette Larsson – Fußgänger bitte drücken

Paperback: ISBN 978-3-7469-6837-7
Hardcover: ISBN 978-3-7469-6838-4
E-Book: ISBN 978-3-7469-6839-1

Empfehlung
Manfred Herrmann – Biggi

Paperback: ISBN 978-3-86850-824-6
E-Book: ISBN 978-3-86850-823-9

FSC
www.fsc.org
MIX
Papier | Fördert
gute Waldnutzung
FSC® C083411

Zeitfracht Medien GmbH
Ferdinand-Jühlke-Straße 7
99095 Erfurt, Deutschland
produktsicherheit@kolibri360.de